일평생 연애주의

마광수 시집

문학세계사

|자서自序|

나는 어려서부터 시를 습작하며 시인이 되기를 꿈꾸었다. 그래서 최초로 문단에 정식으로 데뷔한 것도 '시'였다. 그만큼이나 시는 내 문학의 본원本源이라고 할 수 있다.

이번에 시집을 묶으며 나는 내 시들 속에 비애감과 황홀감이 엇섞여 있다는 것을 알았다. 비애감은 주로 늙어감의 슬픔에서 나온 것이었고, 황홀감은 주로 관능적 판타지에서 나온 것이었다.

감상感傷과 퇴폐頹廢, 이 두 가지는 내 시의 영원한 화두이다. 아무쪼록 가벼운 마음으로 이 시집을 즐겨 주시기 바란다.

2010년 4월

마 광 수

|차 례|

I

일평생一平生 연애주의 ── 11

당신은 사랑을 몰라요 ── 12

세월 ── 14

어느 마조히스트의 모노로그 ── 15

사랑은 그저 바라보는 것 ── 16

사랑학 개론 서장序章 ── 18

알 수 없어요 ── 20

정신적 사랑은 가라 ── 21

이별 ── 22

사랑의 얄궂음 ── 24

시애屍愛 ── 25

한 소년이 있었네 ── 26

미녀와 야수 ── 27

그녀가 알면 날 사랑하지 않을까 두려웠기 때문에 ── 28

그래도 내게는 소중했던 ── 29

II

나도 못생겼지만 —— 33

나를 슬프게 하는 것들 —— 34

당신의 탄생일을 기다리며 —— 37

걸인乞人에게 —— 40

사계四季 —— 43

살아감의 괴로움 —— 44

쾌락과 염세厭世만이 —— 46

남자로 태어난 슬픔 —— 48

도덕을 팔아먹고 사는 사람들 —— 50

한국 페미니스트 여성들에게 보내는 충고 —— 52

사랑은 언제나 슬프게 끝나요 —— 54

여자만 왜? —— 56

늙어서의 슬픔도 동정을 받을까 —— 57

왜 뱀은 구르는 수레바퀴 밑에 자기 머리를 집어넣어 말벌과
함께 죽어버렸는가? —— 58

마음 비우기에 대하여 —— 59

III

구혼 광고 —— 63

나는 헤픈 여자가 좋다 —— 64

사랑에 관한 단장斷章 —— 65

한 마조히스트 여성의 사랑 노래 —— 66

가장 야한 색은 검정색 —— 68

나태懶怠는 미美의 원천 —— 69

그때 그 키스 —— 70

나는 노래를 부르다 가면 그뿐 —— 71

나는 열여섯 살이에요 —— 72

사랑해, 하이힐 —— 74

어느 전위 음악가의 퍼포먼스 —— 76

사랑 죽이기 —— 77

우울한 날의 정사情死 —— 78

해탈解脫 —— 80

생각하는 소녀 —— 81

IV

아스라이 잊혀져 간 —— 85

출발 —— 86

이혼 —— 87

달따기 —— 88

다시 비 —— 90

나를 행복하게 하는 게 많지 않다 —— 91

검푸른 바다 쓸쓸하게 우울중 —— 92

길은 멀어도 마음만은 —— 93

검은 상처의 블루스 —— 94

이 서글픈 중년中年 —— 95

추억 —— 96

잘 가라, 내 청춘 —— 98

그때 그 명동 —— 100

푸른 꿈이여 지금 어디에 —— 101

내가 쓸 자서전에는 —— 102

□ 해설 : 시대의 이단아, 마광수를 위한 변명 —— 105
□ 馬光洙 약력 —— 126

I

일평생一平生 연애주의

나는야
평생 연애주의자

나는야
평생 변태성욕자

나는야
평생 허무주의자

나는야
평생 야한 남자

나는야
평생 오럴 섹스만

나는야
평생 고독, 절망, 쓸쓸만

당신은 사랑을 몰라요

손도 거세게 안 잡았으면서
나를 사랑한다고 말하지 마세요

지랄스런 키스도 안 했으면서
나를 사랑한다고 말하지 마세요

진한 블루스 춤도 안 췄으면서
나를 사랑한다고 말하지 마세요

끈적끈적 애무도 안 했으면서
나를 사랑한다고 말하지 마세요

왕창왕창 섹스도 안 했으면서
나를 사랑한다고 말하지 마세요

애지중지 기른 긴 손톱들이 징그럽다고 하면서
나를 사랑한다고 말하지 마세요

섹시하게 채찍질도 안 해주면서
나를 사랑한다고 말하지 마세요

음탕한 남자를 소개해주지도 않으면서
나를 사랑한다고 말하지 마세요

진탕만탕 그룹섹스도 안 하면서
나를 사랑한다고 말하지 마세요

그 징그러운 결혼을 해달라고 하면서
나를 사랑한다고 말하지 마세요

세월

당신은
어떤 남자 품 속에 있고

나는
어떤 여자 품 속에 있고

당신은 나를 생각하며
어떤 남자와 키스를 하고

나는 당신을 생각하며
어떤 여자와 키스를 하고

불쌍한 나,
불쌍한 당신!

사랑은 여전히
우리 두 사람 마음 속에 있는데.

어느 마조히스트의 모노로그

당신은 나를 사랑한다고 속여
새장 속에 가둬 두었지.
나는 당신이 언제나 나를 보며
쓰다듬고 안아줄 줄 알았어.
그런데 당신은 이젠 나를 거들떠도 안 보네.

나는 그저 당신을 새장 속에서
슬프게 바라볼 수 있을 뿐
낮이나 밤이나 홀로 서럽게 울며
당신 사랑을 기다리고 있을 뿐.

그런데도 나는 이상하게 뿌듯해
행복하고 감미로워.
내가 비록 날아갈 수 없는
차가운 박제 새가 돼버리고 말았어도.

사랑은 그저 바라보는 것

성교는 연애의 절정이 아니라
사랑의 종말이에요.

오랜 연애 끝에 드디어
삽입성교를 하게 되면
사랑은 대개 끝장을 고하죠.

속궁합이 안 맞아서도 아니고
권태감이 느껴져서도 아니에요.
사랑은 그저
'바라보는 것' 이어야 하기 때문입니다.

삽입성교는 쾌락의 확장이 아니라
쾌락의 축소이고
사랑의 끝장입니다.

삽입성교는 상대방과 이미 한몸을 이루어
(다시 말해서 이미 '소유' 해버려),
'군침 흘리며 바라보는 상태' 를
유지하지 못하기 때문에

위험한 것이지요.

사랑은 그저
바라보는 것이어야 해요.
사랑은 그저
애태우는 것이어야 해요.

사랑학 개론 서장序章

나는 너를 처음 보자마자
사랑에 빠져 허우적거렸었다

아니, 내가 너를 처음 보자마자
사랑하게 됐다는 말은 좀 틀린 말이다

사랑이라기보다는 관능적 홍분이나
기분 좋은 발기勃起라는 말이 더 적당할 것이다

남자의 참된 관능적 사랑은
사정射精이 아니라 발기에 있다

그로테스크하게 야한 얼굴과 마녀같이 긴 손톱이
악마적으로 조화를 이룬 너의 모습은
나의 상상적 발기를 최대한도로 가능하게 해주었다

오르가슴의 순간을 가슴 두근거리면서
기대하게 하는 시간을 한없이 연장시켜 주었다

남녀가 서로 사랑한다는 것은

서로 섹스하고 싶어한다는 것이고

참된 섹스는 사정射精이나 수정受精이 아니라
페니스와 클리토리스의 발기에 있다

그 기다림의 미학美學에 있다

알 수 없어요

만약 사랑이
슬픈 것이라면
왜 사랑의 고통은
달콤한 것입니까?

만약 사랑이
달콤한 것이라면
왜 사랑은 그토록
잔인한 것입니까?

만약 사랑이
잔인한 것이라면
왜 사람들은 그토록
사랑을 원하는 것입니까?

정신적 사랑은 가라

육체적 접촉이 없는 만남이란 전혀 의미가 없어
그래서 몇 년 전부터는
친구들을 만나는 것도 귀찮고 따분하게 여겨져

하긴 그런 이유에서 진짜 우정은 반드시
동성애로 발전해야 하는 건지도 모르지

살을 섞는 만남, 피부끼리의 살갗접촉(skinship)에 의한
섹시섹시한 만남만이
진짜 이심전심의 만남이 될 수 있어

전혀 말이 필요 없어지고 머리를 굴릴 일도 없어지고
오로지 육감적 접촉에 의한
육체언어(body language)만 춤을 추는
끈적끈적한 만남만이 진짜 사랑이야, 진짜 우정이야

그래서 나는 아예 말을 안 하고 몸으로만 헐떡대는
음탕한 여자가 너무 좋아
벙어리 여자라면 더욱 좋아

이별

흐르고 있네요, 우리의 기억들이
강물처럼, 밀물처럼, 우리의 아픔들이.
하지만 마지막 순간이 빛날 수만 있다면
모든 것은 아름다워요.

헤어지는 것을 아쉬워하나요,
잊혀질 날들을 두려워하나요.
아, 어차피 인생은 한바탕 연극인 것을.
우리의 가슴과 가슴을
다시 한번 맞대 보아요.

웃음처럼 통곡할까요,
통곡처럼 웃어볼까요.
모든 것은 꿈,
모든 것은 안개 속 꼭두각시 놀이.

당신은 저의 입술을 가지세요,
저는 당신의 마음을 먹겠어요.

눈을 감으면

잠깐씩 빛나는 무지개빛 추억 속에서
지금도 꿈꿀 수 있어요.
지금도 사랑할 수 있어요.

모든 것이 흘러가는 이 시간 속에서도
빛 바랜 언어들이 쌓여질 수 있다면
기억 속의 외로운 그림자들이
다시금 우리 가슴에 내려앉는다면
우리는 언제나 행복할 수 있어요.

자, 웃어요.
언제나처럼 술잔을 들며
아직은 즐거운 목소리로
아직은 사랑스런 목소리로
서로의 이름을 불러 보아요.

사랑의 얄궂음

한 여자가 울고 있네
저 여자는 떠나간 사랑을 울고 있는 것일까

한 남자가 웃고 있네
저 남자는 즐거운 고독을 웃고 있는 것일까

한 여자가 죽어가고 있네
저 여자는 고독에 지쳐 죽어가고 있는 것일까

한 남자가 달려가고 있네
저 남자는 옛사랑을 못 잊어 달려가고 있는 것일까

시애 屍愛

만약에 당신이 죽는다면 당신이 죽어
으스스한 달밤에 장사지낼 때
나는 수풀 속에서 울다가 꺼억 꺼억 울다가
소란하게 떠들고 있는 사람들 속을 몰래 몰래 기어가

당신의 머리통, 슬프게 다문 입과
울먹이는 눈빛과 창백한 얼굴을 가진 당신의 머리통
너무도 그리운 그 머리통을 옆구리에 끼고
장례식장을 도망쳐 나와 컴컴한 숲속을
쏜살같이 달려 가시덤불 위를 넘어서 달려
나의 집 앞에 이르렀을 때 아 나는 그제야 안심하며

내 방 책상 위 혹은 서재의 선반 위에 두고
매일 밤 복사기로 당신의 머리통을 복사하고서
아아 그것을 박박 찢어가며 사랑을 드릴 텐데
어두컴컴한 방안에서 남들은 모르게
사디스틱한 사랑을 드릴 텐데

오오 정말 기쁘고 흐뭇하게 사랑을 드릴 텐데
아낌없이 사랑을 드릴 텐데

한 소년이 있었네

옛날에 한 소년이 있었네
사랑의 마법에 걸린

그는 사랑에 관한 이야기를 썼네
영원히 영원히 변하지 않는

그는 내일엔 반드시 사랑이 찾아오리라 믿었네
그리고는 매일 밤 꿈 속에서 사랑을 했네

옛날에 한 사내가 있었네
사랑의 체념 속에서 지친

그는 사랑은 이미 자기에게서 떠나갔다고 믿었네
자기는 영원한 사랑을 못할 거라고

옛날에 한 노인이 있었네
다시 사랑의 마법에 걸린

그는 계속 옛날을 그리며 살았네
그래도 자기는 사랑을 꿈꾸며 살았노라고

미녀와 야수野獸

내가 돈 많고 권력 많은 야수라면 얼마나 좋을까
그러면 기막힌 미녀를 납치해다 신나게 즐길 수 있을 거야

휘황찬란한 보석들과 사치의 극을 달리는 의상
산해진미의 식사와 입안의 혀처럼 움직여 주는 시녀들

그런 아찔한 향락에 안 넘어갈 미녀는 없겠지
내가 아무리 못생긴 야수라도 넘어가 주겠지

그녀가 내게 굴복한 다음 나는 서너 달쯤 그녀를 데리고 놀
아줄 테야
그런 다음 싫증이 나면 목을 뎅겅 잘라 죽여버릴 테야

이 세상에 미녀는 얼마든지 많으니까
또 미녀들은 다 야수에 약하니까

그녀가 알면 날 사랑하지 않을까
두려웠기 때문에

그녀가 알면 날 사랑하지 않을까 두려웠기 때문에
나는 속였다 그녀에게 나의 가발을

그녀가 알면 날 사랑하지 않을까 두려웠기 때문에
나는 속였다 그녀에게 나의 자지 보형수술을

그녀가 알면 날 사랑하지 않을까 두려웠기 때문에
나는 속였다 그녀에게 나의 가짜 가슴털을

그녀가 알면 날 사랑하지 않을까 두려웠기 때문에
나는 속였다 그녀에게 나의 틀니를

그래도 내게는 소중했던

그 초라한 카페에서의 커피
그 허름한 디스코텍에서의 춤
그 싸구려 여관에서의 섹스

시들하게 나누었던 우리의 키스
어설프게 어기적거리기만 했던 우리의 춤
시큰둥하게 주고받던 우리의 섹스

기쁘지도 않으면서 마주했던 우리의 만남
울지도 않으면서 헤어졌던 우리의 이별
죽지도 못하면서 시도했던 우리의 정사情死

II

나도 못생겼지만

못생긴 여자가 여권女權운동 하는 것을 보면
측은한 마음이 생긴다.
그 여자가 남자에 대해 적개심을 표시할 땐
더 측은한 마음이 생긴다.

못생긴 남자가 윤리, 도덕 부르짖으며
퇴폐문화 척결운동 하는 것을 보면
측은한 마음이 생긴다.
그 남자가 성性 자체에 대해 적개심을 표시할 땐
더 측은한 마음이 생긴다.

못생긴 여자들과 못생긴 남자들을 한데 모아
자기네들끼리 남녀평등하고 도덕재무장하고
고상한 정신적 사랑만 하고 퇴폐문화 없애고
야한 여자 야한 남자에 대해 실컷 성토하게 하면

그것 참 가관일 거야
그것 참 재미있을 거야
그것 참 슬픈 풍경일 거야

나를 슬프게 하는 것들

늙어버린 여배우의 모습은 나를 슬프게 한다.
늙어버린 나의 모습도 나를 슬프게 한다.

그리고 내 방안의 한 모퉁이에서 발견된
이혼한 옛 아내의 립스틱이 먼지에 덮여 있는 것을 볼 때.

대체로 사랑은 나를 슬프게 한다.
특히 내가 사귀고 있는 여인이 오럴 섹스를 싫어할 때.
힘주어 섹스하는데도 페니스가 서지 않을 때.

아무도 내가 쓴 문학작품을 사랑해주지 않는다고 느낄 때.
그래서 지쳐버린 내 표현욕구가 울고 있을 때.

내 작품을 출판하지 못하겠다는 글귀가 씌어 있는
출판사에서 온 편지를 읽을 때.

숱한 세월이 흐른 후에 문득 발견된 옛 연인의 편지.
그 편지에는 이런 사연이 씌어 있다.
사랑하는 이여, 당신이 저를 버린 걸로 인해
제가 얼마나 죽고 싶었는지……

그때 내가 그녀에게 한 짓이 무엇이었던가.
치기어린 사랑의 장난, 아니면 사랑한다는 달콤한 거짓말,
오로지 그녀의 성기에 정액을 배설하려고
그녀를 꼬드길 때 거짓으로 속삭였던……

이제는 그 숱한 사랑들도 기억에서 사라지고 없는
늙디늙은 나이가 되었는데도
여전히 나의 성욕이 철없이 불타오를 때.

명예욕을 못 채워 초조하게 서성이는 나의 모습 또한
나를 슬프게 한다.

아니, 그보다도 언제나 여학생들을 훔쳐보며 강의하는 나,
관능적 외로움에 가득 찬 나의 찝찝한 자위행위,
섹스에 굶주린 끝에 찾아오는 한없는 고독감,
미칠 듯한 로리타 콤플렉스의 주책없는 불타오름.

심수봉의 슬픈 가요. 내가 좋아했던 여배우 한채영의 결혼.
절친했던 친구의 배신, 학계와 문단에서의 집단 따돌림.

야하면서도 우울한 언어에 침잠하는 작가밖에 될 수 없었
던 나.
그리고 내가 잊혀진 작가가 될까봐 노심초사하는 마음.

　──이런 모든 것들이 나를 슬프게 한다.

당신의 탄생일을 기다리며

주여!
이제 한 해가 저물어가고 있습니다.
이제 당신의 탄생일도 얼마 남지 않았습니다.
함박눈 펑펑 쏟아지는 축복받는 크리스마스
이 세상 모든 이들이 포근한 행복감에 젖는 크리스마스

특히 가난한 자, 아픈 자, 슬퍼하는 자들이
진정 당신의 사랑에 벅차 기쁜 눈물을 흘릴 수 있는 크리
스마스
온 겨레 평화의 축제로서의 크리스마스가 되게 하소서.
아, 무엇보다도 마음이 가난한 자들의 거룩한 기쁨의
날들이 되게 하소서.

거리에서 소리쳐 당신에게 기도하는 이들
번잡스런 이론으로 역사와 운명을 가르치려는 이들 위엔
당신의 축복의 손길을 드리우지 마소서.

우리 동네 구멍가게집의 돌이 엄마
울릉도에서 멍게 따는 순이 아빠
밤새워 편지봉투를 붙이는 신림동의 어느 할머니

하루종일 미싱 박는 구로동의 착한 영이
이들은 너무도 바쁜 삶의 일과에 시달려
기도할 시간도 당신을 생각할 시간도 없습니다.

이들의 마음은 너무도 가난합니다.
학문도, 철학도, 종교적 이론도 정치도 그들은 모릅니다.
하지만 그들의 눈동자는 순진한 행복감으로
언제나 어린아이처럼 반짝입니다.

주여!
당신의 손길로 이들의 추운 겨울을 돌보소서.
마음이 가난한 자는 내일을 걱정할 겨를이 없습니다.
마음이 가난한 자는 역사를 걱정할 겨를이 없습니다.
다만 그날 그날의 '지금' 에 충실할 뿐입니다.
그래서 마음이 가난한 자는 진정 행복합니다.

주여!
이번 크리스마스는 우리 동포 모두가
마음이 가난한 자들이 되게 하소서.
텅 빈 가슴 속에 그 무엇이라도 담을 수 있는

사랑도, 평화도, 따스한 미소도
아픈 이웃에의 연민도, 진정한 겸허함도
모두 다 담을 수 있는 마음이 텅 빈
마음 속이 진정 가난함으로 가득 찬
그런 사람들의 축복받는 잔치가 되게 하소서.

걸인乞人에게

내 비좁은 일상으로 파고들어와
하찮은 양심을 괴롭히는 걸인乞人이여
너는 날마다 나의 뒤를 꿈틀거리며 쫓아온다

얼마나 많은 걸인들의 고독한 손길이
나의 안이한 안도감安堵感을 자극하며 속삭였던가

걸인들을 거리로 불러낸 것은
생활의 무게 때문인가 운명의 무게 때문인가

어찌하여 나는 오늘도 육교 위를 오르며
설해雪害 방지용으로 쌓아놓은 모래주머니들을
웅크린 걸인의 몸뚱이로 착각하고는
슬쩍 눈길을 돌려 비애의 표정을 하고

혹은 눈살을 찌푸려 동전 몇 닢을 준비하다가
아니면 내가 걸인 같은 처지가 아닌 데 대하여
은근히 하느님에게 감사를 드리다가
그것이 걸인이 아닌 모래주머니라는 사실에
움찔 놀라 슬며시 섭섭해해야 하는가

모든 큰 도시에는
동전 몇 닢으로 나 같은 소시민들의
값싼 마음 속 천당을 마련해주기 위하여
흐름 속에 꺼져버릴 듯한
걸인들이 있어야만 하는 것인가

세상을 노려보고 있는 걸인이나
병病으로 쓰러져 있는 걸인은 공연히 무서워
그 더러운 남루襤褸에 닿는 것도 무서워

슬쩍 눈길을 돌려 지나가버리고
그리고 나서 후회도 하곤 하는 나는
무엇 때문에 동전 몇 푼씩 떨어뜨리며
나도 모르게 흐뭇해해야 하는가

그리고 왜 나는 언제나 걸인들을 볼 때마다
내가 그래도 행복하다고 느껴지는가

아아 무엇 때문에 나는

겁쟁이인 나를 억지로 분노하게 하고
억지로 한숨 쉬게도 만드는
나보다는 훨씬 더 달관達觀해 있을
걸인들을 바라보면서
슬프고 우울한 표정을 해야 한다고 생각해야 하는가

사계 四季

봄에 화사한 꽃길을 로맨틱하게 걸어가 보니
꽃가루 때문에 감기에 걸려 죽겠다

여름에 시원한 바다에서 폼나게 수영을 해 보니
물에 빠져 죽을 뻔해서 혼났다

가을에 울창한 숲속에서 우아하게 산책을 해 보니
따가운 밤송이 가시에 찔려 아팠다

겨울에 차가운 눈길에서 섹시하게 데이트하다가
얼어 죽을 뻔해서 기분 잡쳤다

살아감의 괴로움

인생은 고통이 아니면 권태다
우리의 삶을 이끌어가는 것은 이 두 가지밖에 없다

고통에는 꼭 육체적 고통만이 아니라 정신적 고통도 포함
된다
사랑하는 사람을 차지하지 못하는 괴로움
사업의 실패로 인한 괴로움
경제적 괴로움 등도 다 고통이다

물론 육체적 고통은 더욱 괴롭다
치통, 두통, 복통 등 각종 통증은 우리의 정신마저 마비시
킨다

고통 중에 있을 때 인간은 그 고통을 이겨 보려고 발버둥
친다
좀더 편안한 상태, 쾌적한 상태에 이르려고 죽어라고 노
력한다

그러나 설사 고통이 끝나고
행복한 순간이 찾아오더라도 그것은 잠깐뿐이다

곧바로 고통만큼이나 무서운 권태가
우리의 가슴을 송두리째 갉아먹는다

가장 좋은 예가 사랑이다
상사병을 앓아가며 사랑하는 이를 만나지 못해
차지하지 못해 안달하던 사람도
막상 사랑하는 사람과 만나 사랑을 이루고 나면
곧이어 권태감에 사로잡힌다

아아…… 무섭다

쾌락과 염세厭世만이

이 시대는 불행한 시대야
아니 모든 시대가 불행한 시대인지도 모르지

불행한 시대에 사는 사람들은
누구나 매일 매일 자살충동을 느끼며 살아가지

그런데 이상한 것은 삶이 불우하고 궁핍할 때나
삶이 안락하게 안정되어 있을 때나
다 자살충동을 느끼게 된다는 거야

그건 아마 권태 때문이겠지
행복도 권태고 불행도 권태야

자살하지 않고 그나마 편안하고 태평스런 마음으로
이 거친 세상을 살아갈 수 있는 방법은
쾌락주의자나 염세주의자가 되는 길밖에 없어

다시 말해서 윤리적이고 삶에 긍정적인
멍청하게 착한 휴머니스트가 되면
절대로 절대로 안 된다는 거지

아예 삶에 희망을 갖지 말아야 한다는 거지

절망보다 오히려 더 두려운 게 희망이야
미련스레 희망을 품고 있다가 그 희망이 좌절되면
사람들은 너무나 쉽사리 자살충동에 빠져들게 돼

하긴 자살하는 삶이 반드시
불행한 삶이라고 볼 수도 없겠지만

남자로 태어난 슬픔

그는 31살에 결혼하여 초등학교에 다니는 두 자녀를 두고 있다. 아내는 10년 전 친지의 소개로 만나 연애 6개월 만에 결혼했다. 그는 아주 평범한 샐러리맨이다. 주말에는 등산으로 소일하며 가끔씩 가족들과 롯데월드나 근교 유원지에 놀러 가기도 한다. 주변 사람들이 아주 평범한 남자로 보고 있는 그는 한 달에 두어 번 꼴로 이상한 업소에 드나들고 있다. 퇴근 후 그는 지하철을 이용해 어디론가 간다. 엷은 색상의 선글라스를 착용한 뒤 도착한 곳 뒷골목의 한 건물 앞에서 주위를 둘러본다. 그리고 나서 그는 그 건물 2층으로 조심스레 올라간다. 안면이 있는 주인과 이런저런 이야기를 나누고 나서 가게 안에 진열돼 있는 몇 가지 물건을 꼼꼼하게 고른다. 가게 안에는 그와 비슷한 취향을 가진 남자들 서너 명이 역시 같은 종류의 물건을 고르고 있다. 이윽고 다 찾아낸 그는 탈의실로 들어가서 옷을 갈아입는다. 30여 분 후에는 누구도 몰라볼 정도로 완벽한 여자로 변신해서 나온다. 그후 그는 도심의 거리를 돌아다니면서 여자가 된 기쁨을 만끽한다. 거리를 도는 시간은 약 한 시간 정도다. 백화점 안에도 들어가보고 싶지만 워낙 여자가 많은 곳이라 아직까지는 시도하지 못하고 있다. 도심의 거리를 돌고 나서 그는 다시 아까의 가게로 돌아온다. 여성으로 변신하는 데

드는 가발과 팬티와 브래지어, 거들, 스타킹, 블라우스와 스
커트. 그리고 몇 가지의 액세서리 등의 대여료와 화장품 등
의 사용료는 약 10만 원 정도다. 그는 몸집이 작아서 그나마
다행인 편이다. 체격이 큰 남자들을 위해서 특별히 제작되
거나 수입된 란제리는 보다 비싼 값을 내야 한다. 그는 다시
양복으로 갈아입는다. 그리고는 태연한 표정을 짓고서 일
상의 모습으로 돌아간다. 그는 집으로 귀가하면서 아이들
에게 줄 만화잡지를 사갖고 가기도 한다. 집에서는 여느 집
과 다를 바 없이 아내와 아이들이 그의 귀가를 기다리고 있
다.

도덕을 팔아먹고 사는 사람들

도덕을 팔아먹고 사는 사람들은
이승만 때도
박정희 때도
전두환 때도
노태우 때도
김영삼 때도
김대중 때도
노무현 때도
언제나 출세한다
언제나 권력으로부터 환영받는다

박정희의 '재건 국민 운동'
전두환의 '삼청 교육대'
김영삼의 '도덕 독재' 등등
통치자들은 언제나 도덕을 곁에 끼고 정치를 한다

내가 쓴 소설 『즐거운 사라』가 야하다고 잡혀갈 때
"마광수 때문에 에이즈가 늘어난다, 잘 잡아갔다"
고 떠들어대던
어느 서울대학 교수는

전두환 때도
노태우 때도
김영삼 때도
김대중 때도
노무현 때도
언제나 여러 관변단체 장長을 지내며
출세했다.
그는 지금 서울의 어느 대학
총장까지 하고 있다.

그놈을 때려죽이고 싶다
도덕을 팔아먹고 사는 놈들은
다 때려죽이고 싶다

한국 페미니스트 여성들에게 보내는 충고

남자란 그저 성적 흥분과 동시에
'발기한 괴물' 로 돌변해 버리도록 만들어진
'로봇' 쯤으로 알고 있는
페미니스트 여성들이 의외로 많다.

하지만 나같이 야한 여자는
남자의 육체에 대해서 잘 알고 있다.

나는 여자가 남자의 궁둥이를 살짝 깨물어줄 때
남자가 미치도록 즐거워한다는 사실을 알고 있다.
그리고 남자의 앞가슴 역시 여자처럼 성감대를 갖고 있어서,
여자가 가슴을 보드랍게 만져 주거나 키스해 줄 때,
작은 젖꼭지지만 보기 좋게
발딱 부풀어오른다는 사실을 알고 있다.

또한 여자가 남자의 귓바퀴를
혀끝으로 뱅뱅 돌려가며 핥아줄 때,
남자는 갑자기 의기양양해져 가지고
졸지에 달아오른다는 사실을 알고 있다.

그러다가 여자가 뜨거운 입김을
남자의 귓속에 '훅' 하고 불어넣을 때,
남자는 다 죽어가는 환자 같은 신음소리를 내며
마음 속으로 기쁨의 눈물을 흘린다는 사실도 알고 있다.

나는 야한 여자다.
나는 남자에게 서슴없이 몸을 주는 여자다.
야한 여자는 섹스에 적극성을 갖고서
'여성해방'에 대한 강박증에서 나온 '성性 혐오증' 따위의
촌스러운 관념에서 벗어나
자유롭게 섹스를 즐길 수 있는 여자다.

어쩔래? 나를 마초들의 노예라고 욕할래?
모든 건 내 자유야.
난 너희들의 위장된 출세욕이 싫어.

사랑은 언제나 슬프게 끝나요

사랑의 핵심은 언제나
'유미적唯美的 경탄' 에 있어요.

아무리 '제눈에 안경' 이라고는 하지만,
먼저 만나던 애인보다 객관적으로 볼 때
훨씬 더 아름답게 생긴 이성을 만나게 되면,

과거의 사랑은 그 '사랑의 기간' 이
아무리 오래됐다 하더라도
(또 그래서 정이 쌓일 대로 쌓였다 하더라도)
금세 눈 녹듯 사라져 버리고 맙니다.

이것이 바로 모든 사랑을 결국
허망한 '신기루 좇기' 로 만들어 버리는 원인이지요.

사랑의 목적은 섹스가 아니라
끊임없이 다른 이성들과 애인을 비교 분석하며
탐미적 경탄에 따른 만족감을 갖고서,
사랑하는 사람을 남들에게 자랑하고 싶어하는 것입니다.

그래서 더 아름다운 대상을 만나게 되면
그때까지의 사랑은 늘 슬프게 끝나게 되는 거구요.

여자만 왜?

플로베르의 소설 『보봐리 부인』의 여주인공
바람피운 끝에 '자살'

톨스토이의 소설 『안나 카레니나』의 여주인공
바람피운 끝에 '자살'

토마스 하디의 소설 『테스』의 여주인공
혼전 순결을 잃은 끝에 '처형(사형)'

정비석의 소설 『자유부인』의 여주인공
바람피운 끝에 '반성'

김동인의 소설 『감자』의 여주인공
바람피운 끝에 '칼 맞아 죽음'

최인호의 소설 『별들의 고향』의 여주인공
이 남자 저 남자 품 전전하다가 '자살'

마광수의 소설 『즐거운 사라』의 여주인공
신나게 프리섹스한 끝에 "아, 즐거워, 룰루랄라"

늙어서의 슬픔도 동정을 받을까

젊어서의 눈물은 아름다워 보이지만
늙어서의 눈물을 추해 보인다

늙어서의 슬픔도 동정을 받을까

젊어서의 고독은 멋있어 보이지만
늙어서의 고독은 징그러워 보인다

늙어서의 독신獨身도 동정을 받을까

젊어서의 야함은 개성있게 보이지만
늙어서의 야함은 천박해 보인다

늙어서의 꾸밈도 동정을 받을까

왜 뱀은 구르는 수레바퀴 밑에 자기 머리를
집어넣어 말벌과 함께 죽어버렸는가?

말벌이 뱀의 머리 위에 앉아 침으로 계속 쏘아댔으므로
뱀은 아파서 견딜 수 없는 지경에 이르렀다
그러나 아무리 생각해봐도 복수할 방법이 없었으므로
뱀은 구르는 수레바퀴 밑에 자기 머리를 집어넣어
말벌과 함께 죽어버렸다

뱀과 말벌과의 관계는
나와 문학과의 관계
현실과의 관계
나를 괴롭히고 고민하게 만드는
그 모든 것들과의
관계와도 같다

그러나 나는 죽음이 두려워
현실이라는 거대한 늪에서
헤어나오지 못하고 있는 서글픈 존재이다

과연 나는 현실에서 벗어날 수 있을까
적敵을 깨부숴버릴 수 있을까
과연 나는 말벌과 함께 죽는
뱀의 우렁찬 용기를 가질 수 있을까

마음 비우기에 대하여

불교에서는 연신 빌 공空 자字를 써가며
자꾸 공空, 공空 하면서
마음 속 욕망들을 비우라 하고

기독교에서도 그와 비슷하게
"마음이 가난한 자는 복이 있다"고 하며
역시 마음을 비우라는데

마음을 비우려고 마음 속 쓰레기들을 모아
밖에다 갖다버리려고 해도
어디 마땅한 쓰레기통이 있어야 말이지

세상 사람들이 다 마음을 비워
마음 속 쓰레기들을 밖에다 마구 버린다면
이 세상은 거대한 쓰레기더미가 되겠네

III

구혼 광고

머리를 종아리까지 흘러내리도록 길게 기른 여자
인조 속눈썹을 턱까지 흘러내리도록 길게 만들어 붙인 여자

겨드랑이 털이 엉덩이까지 길게 흘러내리는 여자
거웃이 무릎까지 길게 흘러내리는 여자

손톱의 길이는 적어도 20센티미터 이상
발톱의 길이도 적어도 10센티미터 이상

될 수 있으면 말을 전혀 안 하는 여자가 좋음
될 수 있으면 지독한 허무주의자가 좋음

나는 헤픈 여자가 좋다

나는 사랑이 헤픈 여자가 좋다
나는 섹스가 헤픈 여자가 좋다

누구랑 만나도 금세 장미여관 가고
누구랑 헤어져도 전혀 삐치지 않고

늘 마음 속은 귀여운 음탕함으로 가득 차 있고
늘 긴 손톱으로 남자의 온몸을 슬글슬근 쓰다듬어주는

아, 꿈에서나 만나볼까, 그런 야한 여자
아니, 내 생애 꼭 만날 거야 그런 자유로운 여자

오오오 그녀의 아름답게 찢어진 순결
아아아 그녀의 헤프디헤픈 터치

오라 자유여, 거리낌없이 발랄한 성욕이여
가자 거기로, 빨가벗고 뛰놀던 에덴 동산으로

사랑에 관한 단장斷章

사랑은 '무조건 주는 것'이 아니라
'무조건 핥고 빠는 것'

사랑은 '영혼의 대화'가 아니라
'SADO - MASOCHISM의 대화'

사랑은 '정신적 신뢰감'이 아니라
'육체적 재미와 쾌락'

최고의 사랑은 '세찬 정력의 삽입성교'가 아니라
'삽입성교를 싫어하는 변태끼리의 관능적 유희'

한 마조히스트 여성의 사랑 노래

너무 슬퍼요 너무 슬퍼요
슬픈 땐 채찍이 최고지요
울어도 되니까요 울어! 울어! 울어!

"사랑한다, 울지 마" 보다
전 채찍이 더 좋아요
울어 철썩
울어 철썩
울어 철썩

제 젖가슴이 움직이지 못하도록
당신의 긴 손으로 붙들어줘요
울어라, 울어 퉤! 퉤!
세차게 침을 뱉어줘요

저는 당신의 껌이자 사탕이어요
쩝쩝쩝 꿀꺽꿀꺽
제 젖물을 뺏어 드셔요
그리고 키스해 주셔요

당신은 저의 지옥
당신은 저의 천국

가장 야한 색은 검정색

가장 야한 색은 검정색입니다
검정색 매니큐어를 칠한 길디긴 손톱
긴 검정색 목장갑
탱크 탑 스타일의 길디긴 검정색 롱 드레스
15센티미터 이상의 검정색 높은 하이힐
검정색 립스틱
검정색 아이섀도
검정색 눈 위, 눈 밑 인조 속눈썹……
고스족(Goth族)같이
그로테스크한 그 모습에서
정직한 악마적 성욕을 느낍니다

나태懶怠는 미美의 원천

그녀를 처음 보았을 때 제일 먼저 눈에 번쩍 뜨인 건 발굽 아래까지 치렁치렁 흘러내리며 방바닥 위로 드넓게 펼쳐져 있는, 정말 정말 너무나 긴 그녀의 숱 많은 머리카락이었다. 색색가지 무지개 색깔로 염색되고, 머리카락 가닥마다 달려 있는 작은 금방울 은방울들이 만들어내는 마치 사찰의 풍경 소리 같은 경쾌한 음율이 내 숨을 멈추게 했다. 곧이어 나의 시선은 벌거벗고 있는 그녀의 몸뚱어리 전체에 골고루 꿰어져 있는 갖가지 모양의 피어싱들로 향했다. 내가 그녀의 피어싱들이 주는 사디스틱한 관능미에 도취되어 눈을 떼지 못하고 있자, 그녀는 빙그레 웃으며 반투명의 시스룩 망사 리본들을 여러 개의 집게 모양 피어싱 고리에 꿰어서 고정시켰다. 아아…… 그렇구나, 이게 바로 란제리 피어싱이란 거로구나, 하고 나는 마음 속으로 부르짖었다. 살을 뚫고서 다닥다닥 매달려 있는 피어싱 고리들과 무지개색의 긴 리본들이 정말로 기막힌 하모니를 이루어내고 있었다. 피어싱 고리들과 리본들을 제외하고 그녀의 몸뚱어리에서 볼 수 있는 것은 오직 피부 밖으로 왕창왕창 튀어나와 있는 숱 많고 꼬불꼬불한 보랏빛 인조 음모陰毛뿐이었다. 무성한 음모는 다이아몬드로 만든 배찌가 둘러져 있는 곳까지 주욱 연결되어 돋아나 있었다. 진짜 진짜 나태懶怠스럽게……

그때 그 키스

그날 저녁 너는 내 입술에
기습적인 키스를 베풀어주었지

남자가 여자에게 덤벼드는 키스가 아니라
여자가 남자에게 덤벼드는 키스라서

나는 온몸이 경련에 휩싸이며
정신이 아찔해지는 엑스타시를 느꼈지

그때 그 키스
그리고 우리의 화급火急한 사랑

그날로 우리가 찾아갔던 작은 러브호텔
그때 그 섹스

나는 노래를 부르다 가면 그뿐

나는 노래를 부르다 가면 그뿐
나는 오줌을 누다가 가면 그뿐
나는 똥을 누다가 가면 그뿐

내 노래를 누가 들을지
내 오줌을 누가 마실지
내 똥을 누가 먹을지

알 바 없다

나는 노래를 부르다 가면 그뿐
나는 사랑을 하다가 가면 그뿐
나는 정액을 배설하다가 가면 그뿐

나는 열여섯 살이에요

나는 열여섯 살이에요
교과서더미에 묻혀
이팔청춘 호시절을
허비하고 있지요

손톱도 기르고 싶어요
화장도 하고 싶어요
머리 염색도 하고 싶어요

세상은 너무해요
성춘향과 이몽룡이 만나
야한 사랑을 불태운 것도 열여섯 살 때인데

왜 지금은 안 돼요?
왜 나는 청춘을 썩어야 하나요?

나는 열여섯 살이에요
얼마든지 섹스를 할 수 있는 나이예요

나는 지금이 제일 예뻐요

피부가 진짜 보들보들해요

나는 멋내고 싶어요
나는 사랑하고 싶어요
나는 인간적이고 싶어요

나는 본능이 꿈틀대는 어엿한 여자인걸요

사랑해, 하이힐

굽 높은 하이힐을 신으면 자연스럽게 양쪽 골반을
마치 춤추듯이 튕기며 걷게 된다

천천히 앞으로 발을 하나 하나 내딛을 때마다
가엾은 내 발가락들과 발바닥은 아프다고 난리지만
오히려 나는 그 고통이 즐겁기만 하다
그래서 나는 엷은 웃음을 띠고
주위를 찬찬히, 그리고 지그시 쳐다보며 걷는다

나는 이미 알고 있다. 아찔하게 짧은 치마
혹은 짧은 치마보다 더 짧은
(그래서 걸을 때면 엉덩이가 살짝 보이기도 하는)
핫팬츠를 입은 채로

15cm의 펌프스 하이힐
혹은 앞굽이 높은 20cm의 스틸레토 힐을 신고
허리를 곧게 세우고 다리를 쭉 뻗으며
양쪽 골반을 흔들며 걸으면

내 주위 20m 내외의 남자들은 하나같이

내 다리를, 그리고 내 몸을
간질간질 음란한 눈빛으로 훔쳐본다는 것을……
그래서 내 못생긴 얼굴이
카무플라즈(camouflage)되고도 남는다는 것을……

어느 전위 음악가의 퍼포먼스

여자 음악가가 키 순서로 남자들을 무대 위에 세워놓는다. 그러고서 음악가는 두 손으로 잽싸게 이 남자 저 남자의 따귀를 때려가며 타악기의 선율을 만들어낸다. 이를테면 〈인간 악기 연주회〉라고 할 수 있다. 따귀를 얻어맞을 때마다 '인간 악기'들은 얼굴이 이그러지면서 울상이 된다. 더욱 가관인 것은, 그 연주회가 우아하고 고전적인 양식으로 인테리어된 클래식 공연장에서 열리고 있다는 점이다. 청중들은 모두 턱시도나 이브닝드레스 차림의 정장을 한 귀족풍風의 신사, 숙녀들이다. 참으로 '사디스틱'한 연주회다. 그래서 나도 할 수 없이 불편한 정장을 입고 앉아 연주를 감상하면서, 공연히 사타구니 언저리가 근질거려 오는 것을 느끼고 있다……

사랑 죽이기

나는 '사랑'이라는 감정 놀음을 배제하고서
너랑 오직 섹스에만 몰입하고 싶어

너는 나를 사랑하지 마
나는 너를 사랑하지 않아

너는 내게 오직 '섹스의 먹잇감'
나도 너에게 오직 '섹스의 먹잇감'

결혼이라는 구속에 얽매이지 않고
밀고 당기기식式 내숭을 떨지도 않고

오직 섹스만 하는 게 바로 진짜 사랑이야
그런 게 바로 진짜 '야한 마음'이야

마음 속을 사랑에 대한 계산으로 채우지 마
오직 순간적 본능으로만 섹스해

나는 네 몸뚱어리만 음란하게 유린하는 섹스꾼
너는 아직도 내게 정신적 사랑을 주는 바보

우울한 날의 정사情死

그녀가 문득 창문을 연다.
비바람이 세차게 방안으로 몰아닥친다.
그녀는 온몸으로 비바람을 맞으며
마치 바닷가에서 파도의 물거품 속을 소요하듯
창가를 이리저리 거닌다.
가끔씩 들려오는 가벼운 천둥소리가
마치 오케스트라의 팀파니 소리처럼
아련한 느낌으로 전달돼 온다.

그녀의 멍한 시선이
검푸르게 보이는 먼 산을 쫓고 있다.
아니, 그녀의 눈은
먼 산을 바라보고 있는 게 아니라
흡사 바닷가의 드넓은 수평선을
바라보고 있는 것처럼도 보인다.

드넓은 공허가 드넓은 공간 속에 자리잡고 있는 곳.
아니, 부질없는 희망이
공허한 공간 속에 자리잡고 있는 곳.
무섭기도 하고 아련하기도 한 노스탤지어가

하릴없이 피어올라
사람의 마음을 과거 속에 붙들어 매두는 곳.

그는 그녀 곁으로 다가간다.
그녀의 눈의 초점이 점점 더 흐려지고 있는 것처럼 보인다.
그녀의 잿빛 눈동자 속으로
하늘과 산과 우주 전체가 들어와 박혀 있는 것 같다.
또한 그녀의 몸뚱어리 전체가
비바람 속에 파묻혀
허공 속으로 빨려들어가고 있는 것처럼도 보인다.

그는 그가 자살하기 전에 먼저
그녀의 목을 서서히 조르기 시작한다……

해탈解脫

　너는 화냥년이 되었고 나는 색정광色情狂이 되었다. 우리는 사랑을 하지 않고 오직 섹스만 했다. 밥도 먹기 싫고 술도 마시기 싫고 담배도 피우기 싫었다. 너와 나는 하루 24시간 내내 찐드기처럼 서로 얽히고 설켜 지냈다. 그래서 몹시 지쳤는데도 웬일인지 우리의 음욕淫慾은 더해만 갔다. 나는 너를 만난 후 평생동안 꿈꾸어왔던 진짜 무아지경無我之境을 몸과 마음으로 체감體感할 수 있었다. 불교의 고승高僧들이 수십 년이나 수도해도 얻어낼까 말까 하다는 무아無我와 열반의 경지를 우리는 단 한 달 동안에 얻어낸 것이었다. 그래서 우리는 더 이상 살아갈 필요를 느끼지 않게 되었다. 이미 열반의 경지에 들어섰기 때문이다. 더이상 맛볼 오르가슴도 없었고 더 이상 고생하며 살아가다가 윤회의 굴레에 빠져들어갈 염려도 없었다. 그렇기 때문에 너와 나는 마지막으로 악에 받친 섹스를 하면서 아무런 음식도 먹지 않고 굶으며 서서히 죽음의 오르가슴 속으로 빠져들어갔다……

생각하는 소녀

생각하는 소녀……
무엇을 생각하고 있는 것일까
연인의 얼굴……?
연인의 입술……?

아니 아니
연인의 정액, 오줌, 똥

생각하는 소녀……
무엇을 생각하고 있는 것일까
연인의 눈동자……?
연인의 가슴……?

아니 아니
연인이 썼던 채찍, 쇠사슬, 수갑

IV

아스라이 잊혀져 간

뜨거운 입술과 입술의 부딪침
억세고 다정했던 우리의 포옹

그때 우리는 젊었었지
온 세상이 우리 것 같았지

그 비좁은 골목의 소줏집
그 비좁은 여관방에서의 섹스

왜 이리 시큰하게 가슴 시려올까
보고 싶은 나의 첫사랑아

쪽빛 하늘 속에 네 얼굴 그려본다
아름답던 시절 서럽기도 했던 시절

출발

머리 풀고 흐느끼는 나뭇잎
창백한 얼굴이여

그대와 나의 안쓰러운 입맞춤
내 눈에 고여 흘러내리는 눈물

흩날리는 낙엽이 눈 내리듯
그대의 눈물이 비 내리듯

이혼

사랑이 결실을 맺었으므로 이젠 이혼이다
결실의 계절인 가을이 가면
죽음의 계절인 겨울이 찾아오듯이

차라리 미완未完의 사랑으로 남겨뒀어야 했다
불이 다 타버리면 장작은 재가 된다
너와 나의 결혼생활로 우리의 사랑은 재가 되었다

나는 다시 자유를 되찾고 싶다
그래서 사랑을 하고 싶다
그러니 너도 자유롭게 사랑을 해다오

사랑이 다시 찾아오면 나는 절대로 결혼하지 않겠다
징그러운 아이도 물론 낳지 않겠다
나는 한평생 연애만 계속하며 살아가겠다

달따기

시내를 걷다가
하늘에 걸린 보름달을 보고
손에 잡힐 듯한 그 음란한 빛을 보고
달을 따고 싶어졌다

그래서 인왕산 중턱에 올랐을 때
달은 얄밉게도
구름 속에 젖가슴과 엉덩이를 감추고
희미한 빛만 보여주면서
어디론가 숨어버렸다

그리하여 나는 다시
산 정상까지 올라갔고 달은
내게 자비를 베풀어 사타구니를 삐죽이
내밀면서 나를 유혹했다

이윽고 달이 온몸을 드러냈을 때
나는 너무나 반갑고 사랑스러워
달을 향해 손을 내밀면서
더 가까이 가까이 다가갔다

그러다가 그 사내는
미끈 발을 헛딛어 벼랑으로 떨어졌다

다시 비

다시 비
비는 내리고
우산을 안 쓴 우리는
사랑 속에 흠뻑
젖어 있다

다시 비
비는 내리고
우산을 같이 쓴 우리는
권태 안에 흠뻑
갇혀 있다

다시 비
비는 내리고
우산을 따로 쓴 우리는
세월 속에 흠뻑
지쳐 있다

나를 행복하게 하는 게 많지 않다

나를 행복하게 하는 게 많지 않다

일주일 만에 간신히 서너 덩이 똥을 누는 일
꿈속에서나마 긴 빨간 손톱의 미녀를 만나는 일
모처럼 만에 치통에서 벗어나 음식을 실컷 씹는 일
먹고 살기 위해 할 수 없이 쓰는 논문을 끝내는 일
박박 문지르며 머리를 감아 비듬을 털어내는 일
어쩌다 한 자위행위에 많은 양의 정액이 나오는 일
예쁜 여학생이 앞자리에 앉아 내 강의를 들어주는 일
수면제 없이도 밀린 잠을 푹 자게 되는 일

나를 행복하게 하는 게 많지 않다

검푸른 바다 쓸쓸하게 우울증

출렁이는 바닷물이 꼭 진초록색 텐트처럼 보인다
그 위로 뛰어내려도 나를 사뿐히 받쳐줄 것 같다

그럼 혹시 심청처럼 살아서 용궁에 초대될지도 모르지
속된 지상地上의 삶으로부터의 탈출이 이루어질지도 모
르지

아무리 내려다봐도 가볍게 출렁이는 바닷물은 다정해 보
이고
어서 오라고 나에게 손짓해 나를 진심으로 유혹하는 것
같다

내 몸뚱어리가 점점 가벼워지며 가뿐하게 솟구쳐오른다
하나도 무섭지 않은 마음으로 나는 바닷물 위로 내려앉았
다

길은 멀어도 마음만은

그대
하늘 끝
그 먼 곳에 있고

나
땅 끝
이 외로운 곳에 있고

사람은 왜 죽어야 하나?
여전히 내 곁에
살아 있는 당신

사람은 왜 살아야 하나?
그대 없이는 이미
죽어 있는 나

길은 멀어도 마음만은
생사生死는 엇갈려도
섹스만은

검은 상처의 블루스

죽음이 다가와요 당신 때문에
꿈에 가위눌려요 당신 때문에
못 잊을 블루스 당신과 춤추던

검은 상처의 블루스 그 어두운 멜로디
이젠 나 혼자서 서럽게 추는 춤
그 카페 그 나이트클럽 그 러브호텔

죽음이 찾아오기 전에 먼저 죽어버리고 싶어요
흐흐흑 느껴 우는 제 모습이 보이지 않나요?
무정한 당신 매몰찬 당신 얄미운 당신

이 서글픈 중년中年

사랑 말고는 아무런 관심이 없었던 때도 있었는데
섹스 말고는 아무런 즐거움이 없었던 때도 있었는데

이제는 사랑보다도 무식한 지식인들의 모럴 테러리즘에
더 관심이 가고
(아니 관심이 아니라 왠지 모를 피해의식이 느껴지고)

섹스로 풀기보다 글로 풀어대는 시간이 많아지고
(그러나 글로 푸는 것이 섹스보다 더 즐거운 건 아니고)

죽여 버리고 싶은 놈들도 많아지고
죽여 버리고 싶은 년들도 많아지고

공연히 어줍잖게 혁명도 하고 싶어지고
공연히 촌스럽게 계몽도 하고 싶어지고

사람들이 싫고 이 나라가 싫고 이 우주가 싫고
절망도 어렵고 희망도 어렵고 사랑은 더 어렵고

추억

같이 허무를 느끼고
함께 퇴폐를 맛보았던 그녀.

"이렇게 빈둥거리며 지내다가, 늙어서 몰골이 추해지면 성큼 자살해 버리고 마는 게 가장 좋은 삶이 아닐까 하는 생각이 들 때가 많아요."
라고 말하곤 했던 그녀.

그럴 때마다 나는 이렇게 대답해주곤 했었지.
"그것도 썩 괜찮은 생각이군. 하지만 자살이 어디 그리 쉬운가?"

그러면 그녀는 내게 다시 말했었지.
"쉽진 않겠죠. 그러니까 내가 나이 먹어 추해 보인다고 생각될 때 나를 죽여줘요."

무섭고 섬뜩한 제안이긴 했지만
나는 그녀의 허무주의적 인생관이 퍽이나 마음에 들었었어.
나도 '허무주의'가 가장 정직한 삶의 태도라고 생각했으니까.

‘허무’ 와 ‘퇴폐’ 가 없는 삶이란 사실 가장 위선적인 삶일
거야.
도덕에 대한 순종과 소시민적인 성실로 일관하는 삶이고,
자기자신에 대한 이중적 기만으로 점철된 삶이니까.

나는 그녀의 마음 속이 진짜
‘실존적 허무’ 로 가득 차 있다는 생각이 들었어.
그래서 그녀가 새삼 사랑스러워 보였고……

그녀는 지금 어디서 무엇을 하고 있을까.
정말로 자살했을까, 나처럼 질깃질깃 살아가고 있을까.

잘 가라, 내 청춘

그대가 나를 야멸차게 차버리고 도망간 후
나는 너무나 슬퍼 매일 밤 술을 마시며
스스로 목숨을 끊어 죽어버릴 생각만 했지

그런데 차츰 차츰 시간이 지나고
세월이 강물 흐르듯 흘러가면서
나는 자살충동에서 기어이 벗어날 수 있었어

결국은 아무것도 아니었어
고독은 늘 그렇게 있는 평범한 것이었어
다만 내게 달라진 것이 있다면

고독은 누군가와 사랑을 나누어도 존재하는 것이며
나 자신은 영원한 홀로이고, 그것 또한
그렇게 슬퍼할 일은 아니라는 사실을 깨닫게 된 거야

나는 이제 더 이상 누군가를, 아니 그 무엇인가를
필요로 하지 않아, 나는 나 혼자서도
내 본능이 그런대로 충족될 정도의

기쁜 허무를
기쁜 권태를
기쁜 고독을
즐기며 살아갈 수 있어

그 잘난 '사랑'에 목숨 걸고 매달렸던 내 청춘
망상 속의 무지개를 쫓아 헛되이 헤매던 내 청춘
이젠 정말 잘 가라 내 청춘……

그때 그 명동

학사주점, 캠퍼스 다방, OB’s Cabin
대마초 담뱃불 연기 흩날리던 심지 다방
차도 팔고 연극도 공연했던 까페 떼아뜨르
신발을 벗고 들어가 드러누워 음악을 듣던 르씨랑스 카페
1970년대 초반의 명동은 야한 대학생들로 들끓었었지

초미니 스커트, 수영 팬티 같았던 핫 팬츠
그러다가 발을 덮는 길이의 맥시 스커트
판타론 나팔바지, 치렁치렁 장발을 한 남자들
유난히 짙었던 여인들의 아이섀도, 숱 많은 인조 속눈썹
그때의 명동은 젊은이들의 욕망의 해방구였지

명동 거리 한복판에서 벌였던 전위적인 나체 쇼
한밤중에 빨가벗고 뛰는 스트리킹의 유행
김민기의 노래, 양희은의 노래, 신중현의 노래
통기타, 청바지, 생맥주…… 청년문화
매일같이 명동에서 죽치던 젊은 시절의 나

푸른 꿈이여 지금 어디에

돌아오려무나 아무도 모르게
옛 시절의 청춘이여
옛 시절의 사랑이여
나의 행복했던 희망이여

푸른 꿈이여 지금 어디에
자취도 없이 흔적도 없이
사라져버렸느냐 꺼져버렸느냐

나는 늙었다 지쳤다 피곤하다
사랑 없음의 외로움
섹스 없음의 괴로움

돌아오라 내 청춘
돌아오라 내 꿈들
잘 가라 내 고독
잘 가라 내 수음手淫
푸른 꿈이여 지금 어디에

내가 쓸 자서전에는

내가 쓸 자서전에는
누구의 자서전처럼 고생 끝의
성공 자랑으로 가득 차 있지도 않고

누구의 자서전처럼 똥도 안 누고
섹스도 안 할 것 같은 사람이
있지도 않을 것이다

내 자서전에서 독자들은
너무나 고상한 지식인 사회에
섞여 살며 힘들어했던
자신의 나약한 모습을 슬퍼하는 사람과

으리으리한 교회 앞에서
구걸하는 걸인을 보고
가슴 먹먹해하는 사람과

사람은 누구나 관능적으로
행복해질 권리가 있다고 믿는 사람을
만나게 될 것이다

또한 그것으로 너무나 불이익을 당했기에
과거의 집필생활을 후회하는 사람도
독자들은 만나게 될 것이다

내가 쓸 자서전에는
나의 글쓰기는 이랬어야 했다고
후회하는 장면이 담겨 있을 것이다

우선 손톱 긴 여자가 좋다고
말해서는 안 되는 거였다고
그리고 야한 여자들은
못 배운 여자들이거나 방탕 끝의 자살로
생生을 마감하는 여자여야 했다고

그리고 무엇보다도
사라는 즐겁지 않았어야 했다고
권선징악으로 끝을 맺는
소설 속 여자이어야 했다고

나의 고된 삶 속에서
그나마 한 줌 상상적 휴식이 돼 주었던
그녀와 나의 잠자리가
타락이었다고 그래서 반성한다고

시대의 이단아, 마광수를 위한 변명

김 유 중 | 문학평론가, 서울대 교수

1

1934년 시인 이상李箱은 구인회 동료이기도 한 문우 이태준의 도움에 힘입어 회심의 역작 「오감도」를 조선중앙일보 지상에 발표할 기회를 갖는다. 그러나 당초 30편을 연재하기로 하고 진행되었던 이 계획은 연재 15회 만에 결국 중단되고 말았는데, 그것은 당시 독자층의 수준에 비해 내용 자체가 지나치게 난해하고 파격적인 데 원인이 있었다. "무슨 개수작이냐." "미치지 않고서야 이런 걸 어떻게 시라고 썼겠느냐."라는 독자들의 빗발치는 항의에 못 이겨 결국 신문사는 연재 중단을 결정할 수밖에 없었다. 그런 주변의 쏟아지는 비난에 대해 이상은 다음과 같은 볼멘목소리로 중단에 따른 아쉬움을 드러낸 바 있다.

"왜 미쳤다고들 그러는지 대체 우리는 남보다 수십 년씩 떨어지고도 마음 놓고 지낼 작정이냐. 모르는 것은 내 재주도 모

자랐겠지만 게을러빠지게 놀고만 지내던 일도 좀 뉘우쳐 보아
야 아니 하느냐.……”

　이상이 끝내 불우한 천재로 살다 갈 수밖에 없었던 근본
적인 이유는 그가 시대를 너무나 앞질러간 데 있다. 시대와
의 심각한 불화 속에서, 그는 진정한 자신의 면모를 드러내
보이지도 못한 채 서둘러 생을 마감해야 했던 것이다. 사실
오늘까지도 우리는 이상 문학의 전모를 소상하게 파악하지
못하고 있다. 이로 볼 때 그의 비극은 어쩌면 처음부터 예정
되어 있었던 것인지도 모른다.

　　　　　2

　그의 글을 대할 때마다 나는 자연스레 위에 든 이상의 일
들을 떠올리게 된다. 이상이 그랬던 것처럼, 마광수 역시 내
눈에는 시대와의 불화라는 숙명적 굴레를 지닌 채로 살아갈
수밖에 없는 인물로 비치기 때문이다. 그의 사상이나 글은
지난 시대가 수용하기에는 지나치리만치 급진적이고 불온
하게 생각되었다. 그런 급진성과 불온성의 결과는 한국 출
판사상 유래 없는 작가의 구속과 도서 출판 금지, 나아가 출
판사 등록 최소라는 초유의 사태로 이어졌다. 그리고 그런
필화 사건의 와중에서 그는 필연적으로 이 시대가 낳은 희
생양이 되어야만 했다.
　적지 않은 수의 사람들이 그를 보고 “미쳤다.”고 말한다.

미치지 않고서야 명문대학의 교수라는 직함을 지닌 사람이
자기 책에 그런 식으로 저질스럽게 썼겠느냐는 것이 사람들
의 시각이다. 그렇다. 그들의 주장대로 그는 어쩌면 미쳐버
렸는지도 모른다. 그러나 많은 경우, 사람들은 그를 이처럼
미치도록 만든 근본 요인, 즉 우리 사회의 이데올로기적 경
직성과 구조적 이율배반성에 대해서는 제대로 자각하고 있
지 못하는 듯하다.

　　죽여 버리고 싶은 놈들도 많아지고
　　죽여 버리고 싶은 년들도 많아지고

　　공연히 어줍잖게 혁명도 하고 싶어지고
　　공연히 촌스럽게 계몽도 하고 싶어지고

　　사람들이 싫고 이 나라가 싫고 이 우주가 싫고
　　절망도 어렵고 희망도 어렵고 사랑은 더 어렵고
—「이 서글픈 중년」 부분

　　무엇이 이토록 그를 미칠 지경에까지 몰아넣었는가. 내가
알던 마광수는 지극히 정상적인 멘털리티를 지닌 사람이
다. 그런 그가 일반인들에게 미친 사람 취급을 받는 데는 물
론 그럴 만한 이유가 있다. 절대 넘어서서는 안 될 선, 즉 우
리 사회 일반의 금기를 넘어선 주장을 서슴없이 자신의 글
에 담았기 때문이다.
　　금기가 존재하지 않는 사회란 없다. 금기란 어차피 인간

107

적인 산물이며 인간의 사회적 필요에 의해 창출된 것이기 때문이다. 한 사회의 금기는 지켜져야 하지만, 지켜지는 것이 그 사회의 안정과 존속을 위해 우선 바람직하긴 하지만, 그렇다고 해서 그것이 신성불가침의 절대 영역인 것은 아니다. 금기란 필연적으로 그에 따른 위반의 충동을 부르기 때문이다.

육체적 접촉이 없는 만남이란 전혀 의미가 없어
그래서 몇 년 전부터는
친구들을 만나는 것도 귀찮고 따분하게 여겨져

하긴 그런 이유에서 진짜 우정은 반드시
동성애로 발전해야 하는 건지도 모르지

살을 섞는 만남, 피부끼리의 살갗접촉(skinship)에 의한
섹시섹시한 만남만이
진짜 이심전심의 만남이 될 수 있어

— 「정신적 사랑은 가라」 부분

가게 안에는 그와 비슷한 취향을 가진 남자들 서너 명이 역시 같은 종류의 물건을 고르고 있다. 이윽고 다 찾아낸 그는 탈의실로 들어가서 옷을 갈아입는다. 30여 분 후에는 누구도 몰라볼 정도로 완벽한 여자로 변신해서 나온다. 그후 그는 도심의 거리를 돌아다니면서 여자가 된 기쁨을 만끽한다. 거리를 도는 시간은 약 한 시간 정도다. 백화점 안에도 들어가보고 싶

지만 워낙 여자가 많은 곳이라 아직까지는 시도하지 못하고 있다. 도심의 거리를 돌고 나서 그는 다시 아까의 가게로 돌아온다. 여성으로 변신하는 데 드는 가발과 팬티와 브래지어, 거들, 스타킹, 블라우스와 스커트. 그리고 몇 가지의 액세서리 등의 대여료와 화장품 등의 사용료는 약 10만 원 정도다. 그는 몸집이 작아서 그나마 다행인 편이다.

— 「남자로 태어난 슬픔」 부분

뒤집어 생각해본다면 위반의 충동을 불러일으키지 못하는 금기란 이미 금기라고 할 수 없다. 강력한 금기일수록 위반에의 유혹은 더욱 강렬할 것이니, 이 경우 금기가 금기일 수 있는 것은 그 속에 이미 이와 같은 위반에의 충동을 내재하고 있기 때문일 것이다. 그렇다면 금기란 어쩌면 애초부터 위반을 전제로 함으로써만 의의를 지니는 것이라고 뒤집어 생각해볼 필요는 없을까.

물론, 그리고 당연히, 금기의 위반에는 그에 상응하는 처벌이 뒤따른다. 그 처벌 가운데 가장 보편적인, 동시에 가장 가혹하다고 할 수 있는 것은 절대 다수의 공동체 구성원들로부터 "미쳤다."는 비난을 받아야 한다는 사실이다. 그러나 한 가지, 이런 비난을 퍼붓는 대다수의 사람들이 잊고 있는 것이 있다. 역사의 흐름은 때론 이와 같이 금기의 틀을 깨고, 그것에 맞서 도전하는 철부지 이단아들에 의해 바뀌어왔다는 사실이다.

3

미리부터 이야기하지만, 나는 이 글에서 그와 그의 평소 활동에 대해 악의적으로 비하할 의도도, 그렇다고 해서 정도 이상으로 추켜세울 의도도 없다. 다만 이제까지 우리가 일반적으로 바라보던 방식과는 조금 다른 방식으로 들여다볼 필요도 있다는 점을 지적하고 싶을 뿐이다. 그것만이 그가 스스로의 작업을 통해 사람들에게 전달하고자 하는 메시지의 근본 의도를 제대로 읽어낼 수 있는 올바른 길이라고 믿기 때문이다. 일단은 그의 의도부터 정확하게 파악하는 일이 중요하다. 그를 향한 비난이나 옹호는 그 다음의 문제인 것이다.

그러나 이 문제를 본격 거론하기에 앞서, 한 가지 분명히 짚고 넘어갈 사실이 있다. 그것은 비록 소수이긴 하지만, 그의 입장을 이해하는 사람들도 있다는 점이다. 전면적인 것은 아니라고 하더라도, 마광수의 활동 속에서 그들은 우리 시대와 사회가 미처 깨닫지 못한 어떤 진실의 요소가 담겨 있음을 발견하고 그 점에 의미를 부여한다. 그러나 그가 정당하다고 믿는 사람들조차 아직까지 공개적으로 그를 위해서, 그의 입장에 서서 앞장서 변호하는 것에는 주저한다.

그것은 그만큼 이 문제를 둘러싼 우리 사회 내부의 도덕적 이데올로기가 보수적인 쪽에 치우쳐 있다는 것을 의미한다. 소위 진보적인 지식인들이나 예술가들조차 이 점에 있어서만큼은 예외가 아니다. 일면 이해는 하면서도 마광수식의 위반의 담론들을 전면 허용할 경우 벌어질 수 있는 성

적 무질서, 즉 우리 사회 내부의 도덕적 아노미 현상에 대해
서는 예외 없이 우려를 표한다.

나는 야한 여자다.
나는 남자에게 서슴없이 몸을 주는 여자다.
야한 여자는 섹스에 적극성을 갖고서
‘여성해방’에 대한 강박증에서 나온 ‘성性 혐오증’ 따위의
촌스러운 관념에서 벗어나
자유롭게 섹스를 즐길 수 있는 여자다.

어쩔래? 나를 마초들의 노예라고 욕할래?
모든 건 내 자유야.
난 너희들의 위장된 출세욕이 싫어.

—「한국 페미니스트 여성들에게 보내는 충고」 부분

그때 내가 그녀에게 한 짓이 무엇이었던가.
치기어린 사랑의 장난, 아니면 사랑한다는 달콤한 거짓말,
오로지 그녀의 성기에 정액을 배설하려고
그녀를 꼬드길 때 거짓으로 속삭였던……

이제는 그 숱한 사랑들도 기억에서 사라지고 없는
늙디늙은 나이가 되었는데도
여전히 나의 성욕이 철없이 불타오를 때.

명예욕을 못 채워 초조하게 서성이는 나의 모습 또한

나를 슬프게 한다.

아니, 그보다도 언제나 여학생들을 훔쳐보며 강의하는 나,
관능적 외로움에 가득 찬 나의 찝찝한 자위행위,
섹스에 굶주린 끝에 찾아오는 한없는 고독감,
미칠 듯한 로리타 콤플렉스의 주책없는 불타오름.
──「나를 슬프게 하는 것들」 부분

물론 이러한 우려가 상당 부분 이해가 되는 것도 사실이다. 그것은 아직까지 우리 사회가 이러한 점들은 유연하게 수용할 정도로 개방적인 의식 수준에는 이르지 못하고 있기 때문이다. 그러나 그것만이 유일한 이유일까. 더 중요한 것은 자칫 섣불리 이 문제를 입에 올렸을 경우 쏟아질지도 모를 윤리적, 도덕적 비난의 화살을 감당하기 어려워서는 아닐까. 말하자면 사회 전체로부터 쏟아질 것이 뻔한 '저질'이라는 비난, '미쳤다'는 비난에 대한 두려움이야말로 그를 이해하는 일부 사람들조차 이 문제에 대해 직접 거론하기를 꺼리게 만드는 근본 이유는 아닐까.

4

많은 사람들이 잘못 알고 있는 것 가운데 하나는 문학사나 예술사에서 주요하게 거론되는 성 문제를 다룬 작품들이 처음부터 수준 높은 예술성을 지닌 예술 작품으로 이해되고

받아들여졌을 것이라는 착각이다. D. H. 로렌스가 『채털리 부인의 사랑』(1928)을 발표했을 당시에만 해도, 이 소설은 말초 신경이나 자극할 목적으로 씌어진 싸구려 외설 작품쯤으로 취급되었다. 당연히 로렌스에게도 삼류 저질 포르노 작가라는 꼬리표가 내내도록 따라다녔다. 그의 소설이 프로이트식의 무의식의 차원에서 본격 조명되고, 그것의 예술적 가치가 재평가된 것은 어디까지나 그가 죽은 이후의 일이다. 오늘날처럼 그의 소설 작품이 세계적인 명작으로 읽혀지고, 그 자신이 20세기 영문학계의 거장으로 등록되는 날이 오리라고, 살아생전의 그가 감히 상상이나 했겠는가.

마광수의 문학이 몰고 온 시대적 센세이셔널리즘(그 자신은 이 말에 대해 거부감을 느낄지 모르지만)은 현재 우리 사회가 안고 있는 과도기적 성향을 드러내는 하나의 상징적인 사건이자 징표일 수 있다. 공식적으로는 매매춘이 금지되어 있으면서도 실제에 있어서는 성을 사고파는 일이 도처에서 공공연하게 이루어지고 있다. 포르노 산업은 엄연히 불법이지만, 오늘날과 같은 인터넷 시대에는 통제 자체가 불가능한, 은밀하지만 가장 활성화된 분야 가운데 하나이기도 하다. 혼인빙자간음조차 공식적으로 폐기되기 이전부터 이미 사문화되어버린 지 오래다. 이런 예들은 이루 다 열거할 수 없을 정도로 많다. 아마도 정확히 그 실태를 파악해본다면 현실에서 벌어지는 일들은 그의 문학에서보다 더하면 더하지 결코 덜하지는 않으리라고 짐작된다.

그런 점에서 본다면 그의 문학이 우리 사회에 던지는 충격이란 일반의 우려와는 달리 사실상 그다지 크지 않은 것인지도 모른다. 다만 앞서 거론했던 여러 현상들은 사회의 표면에 직접적으로 드러나지 않은 음지에서 이루어지고 있다는 점에서, 밝은 태양 아래 정면 돌파를 시도한 그의 작업과는 성격상 차이가 있다.

나는 사랑이 헤픈 여자가 좋다
나는 섹스가 헤픈 여자가 좋다

누구랑 만나도 금세 장미여관 가고
누구랑 헤어져도 전혀 삐지지 않고

늘 마음 속은 귀여운 음탕함으로 가득 차 있고
늘 긴 손톱으로 남자의 온몸을 슬글슬근 쓰다듬어주는

아, 꿈에서나 만나볼까, 그런 야한 여자
아니, 내 생애 꼭 만날 거야 그런 자유로운 여자

오오오 그녀의 아름답게 찢어진 순결
아아아 그녀의 헤프디헤픈 터치

오라 자유여, 거리낌없이 발랄한 성욕이여
가자 거기로, 빨가벗고 뛰놀던 에덴 동산으로
── 「나는 헤픈 여자가 좋다」 전문

사랑은 '무조건 주는 것' 이 아니라

'무조건 핥고 빠는 것'

사랑은 '영혼의 대화'가 아니라
'SADO - MASOCHISM의 대화'

사랑은 '정신적 신뢰감'이 아니라
'육체적 재미와 쾌락'

최고의 사랑은 '세찬 정력의 삽입성교'가 아니라
'삽입성교를 싫어하는 변태끼리의 관능적 유희'
— 「사랑에 관한 단장斷章」 전문

필화 사건으로 그가 법정에서 구속되고, 다니던 학교에서
마저 한때나마 해직당하게 된 것도, 따지고 보면 공식적인
루트로는 절대 표현해서는 안 될 이러한 사회적 금기 사항
들을 앞장서 깨뜨린 데 대한 일종의 괘씸죄가 발동했기 때
문으로 이해된다. 이런 것들은 음지에서나, 비공식적인 경
로를 통해서나 은밀하게 이루어지는 퇴폐적이고 음란한 행
위들일 뿐이라고 생각했기 때문이다. 우리 사회의 엄연한
지도층이라고 할 수 있는 대학교수가, 차마 입에 올리기 민
망한 내용들로 가득 찬 글을 써서 유포시켰다는 것 자체가
기존의 통념상 받아들여지기 힘든 일이었다.
　그들에게 나는 다음과 같이 묻고 싶다. 한 번이라도 마광
수의 저작들을 진지하게 읽어본 일이 있느냐고. 부분 부분
이 아닌, 그의 전체 저작을 읽고 판단해볼 용의는 없느냐고.

예술이니 외설이니 하는 논란 이전에, 한 번쯤 그의 텍스트를 순수하게 텍스트로 받아들일 필요 또한 있지 않겠느냐고.

5

　처음 그가 문학에 있어 성 문제를 다룬 강의를 개설했을 때만 하더라도, 대학가에서 이런 종류의 강좌를 도입하는 것에 대해 적잖이 거부감들이 있었던 것이 사실이다. 그러나 요즘 웬만한 대학들의 교양 강좌 목록에서「문학과 성」또는 이와 유사한 제목을 가진 강좌를 찾아보기란 그리 어려운 일이 아니다. 이러한 사실은 이 문제를 바라보는 우리 사회의 시선이나 가치관도 그간 많이 달라졌음을 의미한다. 그럼에도 불구하고, 아직 우리 사회의 법률이나 제도는 이러한 변화된 가치관을 적극적으로 감싸안고 포용하는 데는 지나치리만치 인색하다.
　마광수는 우리 사회가 처한 이러한 구조적인 모순성을 이데올로기적인 지배 효과가 낳은 편견과 선입관의 결과로 해석한다. 성에 관한 한 과거와 같이 음지에만 묶어두려는 태도는 시대착오적 발상이며 타파되어야 할 악습이라고 굳게 믿고 있는 까닭이다. 성적 호기심과 욕망이란 누구에게나 있는 보편적인 것이며, 따라서 그것은 묶어두고 통제하려 들면 들수록 현실에 있어 더욱더 왜곡된 방향으로 진행될 수밖에 없으리라는 것이 그의 생각이다. 문학이나 예술은 이러한 성적 호기심과 욕망을 효과적으로 배출할 수 있는 중요한 통로이다. 그런 만큼 문학이, 그리고 예술이 이 문제에 대해 적극적인 관심을 가지고 작품 속에서 수용하여 다루는 것은 자연스럽고도 필연적인 현상이라는 게 그의 진단이다.

물론 문학이나 예술이 사회적 금기를 건드리지 않는 범위 내에서 성을 승화된 형태로 아름답고 세련되게 형상화할 수도 있다. 그리고 그런 작품들이 예술 작품으로 당당히 인정받으며 우리 주변에서 두루 환영받는 경우도 있을 수 있다. 그러나 이런 식의 해결책에 대한 그의 입장은 단호하다. 그는 성의 예술적 승화란 한마디로 사회적 검열 과정을 의식한 지식인이나 예술가들의 자기 보호 본능의 발로에서 파생된 결과물이며, 결과적으로 그것은 솔직하지 못한 화장 기법에 불과한 것이라고 잘라 말한다.

남자의 참된 관능적 사랑은
사정射精이 아니라 발기勃起에 있다

그로테스크하게 야한 얼굴과 마녀같이 긴 손톱이
악마적으로 조화를 이룬 너의 모습은
나의 상상적 발기를 최대한도로 가능하게 해주었다

오르가슴의 순간을 가슴 두근거리면서
기대하게 하는 시간을 한없이 연장시켜 주었다

남녀가 서로 사랑한다는 것은
서로 섹스하고 싶어한다는 것이고

참된 섹스는 사정射精이나 수정受精이 아니라
페니스와 클리토리스의 발기勃起에 있다

그 기다림의 미학美學에 있다

—「사랑학 개론 서장序章」 부분

흔히 이와 같은 노골적인 성적 묘사와 표현 방식을 동물적인 욕구의 발현이라고 생각하기가 쉽다. 물론 그런 측면이 있는 것도 사실이다. 그러나 마광수의 입장에서 본다면 이러한 표현들은 가장 원초적이고 직설적인 인간 욕망의 분출일 따름이다. 성에 대한 관심, 나아가 성에 대한 집착과 탐닉이란 그 자체가 자연스러운 인간 욕망의 한 축이라는 것이 그의 주장이다. 따라서 그것은 넓은 의미에서 인간 본연의 모습으로 되돌아가기 위한 자발적인 노력이자 시도인 것이다. 이제껏 문명은 인간의 그런 원초적인 욕망을 무조건적으로 외면하거나 억누르는 데에만 몰두해왔다. 그리고 다른 한편으로는 은밀하게 그것을 배설할 수 있는 통로를 마련해두는 이중적인 행태를 취해왔다.

그는 문명의 이런 가식적인 태도에 정면으로 반기를 든다. 그러기에 공개적으로, 또한 당당하게 그는 주장한다. 외설이란 원래가 성립될 수 없는 것이며, 마찬가지로 음란이나 변태 또한 상당히 의심스러운 개념이라고. 있다면 그건 외설이나 음란, 변태가 아니라 외설로, 혹은 음란이나 변태로 규정하는 지배 이데올로기에 의해 강요된 성 윤리가 있을 뿐이라고. 어디까지가 외설이고 어디까지가 예술인지를 구분한다는 것은 그에게는 애당초 불가능한 일일 뿐만 아니라 의미 없는 것이기도 하다. 어차피 이 모든 것들은 순수하게 인간적인 욕망의 발현에 속하는 문제이기 때문이다. 뒤틀린 욕망 또한 욕망인 한에서, 그것은 분명 하나의 인간적인 과정일 뿐이다. 동물에게서는 결코 음란이니 변태니 하는 개념 자체가 성립할 수 없다는 사실이 그걸 증명한다. 한 발 나아가 그는 모든 사랑에 불륜은 없다고 주장한다. 이 모든 것들은 어차피 개인 차원의 선택과 판단, 혹은 취향에 속하는 문제이기 때문이다. 성적 자기 결정권이 존중되는 이상, 그에게는 외설도, 음란도, 변태도, 심지어는 불륜까지도 애초부터 성립될 수 없는 개념이다.

6

　이러한 주장은 너무 파격적이고 혁명적이어서 선뜻 수용하기가 쉽지 않다. 일반인들이 그의 주장에 대해 상당한 불쾌감과 거부감을 느끼는 것은 어쩌면 당연한 일이다. 그러나 앞서 지적한 바와 같이 이미 우리 사회의 현실은 저만큼 앞서 나가 있다. 물론 양지가 아닌 음지에서. 비공개적으로. 그리고 그들만의 은밀한 방식으로.
　문학이나 예술이 대상이나 현실을 오로지 아름답게만 그

려야 할 이유는 없다. 때로는 몸서리쳐질 정도로 불쾌하고 추한 모습으로 그것을 작품 속에 부각시키기도 한다. 문학 또는 예술의 대상이 성과 연관되었다고 해서 별도의 기준을 적용한다는 것은 마광수로서는 받아들이기 힘들었던 것이다. 그것을 읽은 독자들이 심한 거부감을 느꼈다고 해서, 혹은 독자들로 하여금 불쾌감이나 성적 수치심을 유발시켰다고 해서 예술 작품이 아니라고 할 근거 또한 없다는 것이 그의 생각이다. 문학이나 예술이 존재하는 이유 가운데 하나는, 인간과 사회 속에서 벌어지는 일들에 대한 철저한 추적과 해부를 통해 그 실상을 파악하고, 그 와중에서 어둡고 축축한 곳에 자리잡은 외면해 버리고만 싶은 부끄러운 진실을 들추어내어 보여주는 것이라고 믿기 때문이다.

더군다나 이런 내용을 가려내기 위해 검열이나 사법적 잣대를 들이대는 것에 대해 그는 몹시 부정적이다. 문학을 비롯한 예술의 근본적인 존재 이유는 금지된 것들을 향한 끊임없는 반항이자 도전이며, 그러한 예술 특유의 반항과 도전 정신은 어느 시대, 어느 사회에서나 포용되어야 한다는 것이 그의 지론인 것이다.

> 말벌이 뱀의 머리 위에 앉아 침으로 계속 쏘아댔으므로
> 뱀은 아파서 견딜 수 없는 지경에 이르렀다
> 그러나 아무리 생각해봐도 복수할 방법이 없었으므로
> 뱀은 구르는 수레바퀴 밑에 자기 머리를 집어넣어
> 말벌과 함께 죽어버렸다

뱀과 말벌과의 관계는
나와 문학과의 관계
현실과의 관계
나를 괴롭히고 고민하게 만드는
그 모든 것들과의
관계와도 같다

그러나 나는 죽음이 두려워
현실이라는 거대한 늪에서
헤어나오지 못하고 있는 서글픈 존재이다

과연 나는 현실에서 벗어날 수 있을까
적敵을 깨부숴버릴 수 있을까
과연 나는 말벌과 함께 죽는
뱀의 우렁찬 용기를 가질 수 있을까
　　　　　──「왜 뱀은 구르는 수레바퀴 밑에 자기 머리를 집어넣어…」전문

내가 쓸 자서전에는
나의 글쓰기는 이랬어야 했다고
후회하는 장면이 담겨 있을 것이다

우선 손톱 긴 여자가 좋다고
말해서는 안 되는 거였다고
그리고 야한 여자들은
못 배운 여자들이나 방탕 끝의 자살로

생生을 마감하는 여자여야 했다고

그리고 무엇보다도
사라는 즐겁지 않았어야 했다고
권선징악으로 끝을 맺는
소설 속 여자이어야 했다고

나의 고된 삶 속에서
그나마 한줌 상상적 휴식이 돼 주었던
그녀와 나의 잠자리가
타락이었다고 그래서 반성한다고

── 「내가 쓸 자서전에는」 부분

작가는 스스로의 예술가적 양심에 따라 행동할 뿐, 법과 도덕, 사회의 윤리 등 외적인 기준에 얽매여서는, 또는 얽매이게 만들어서는 곤란하다. 작가가 이처럼 예술 외적인 규정이나 틀에 억눌리고 구속당할 때, 그 사회의 문화 예술의 본질은 심각하게 훼손되고 말리라는 것이 그의 주장이다.

이런 그의 태도는 최고의 문화 정책은 문화 예술인들로 하여금 제멋대로 하게끔 내버려두는 것이라고 한 시인 김수영의 주장과 상당 부분 닮아 있다. 흔히들 김수영이 말하는 '불온'의 의미를 현실 참여적인 틀 속에서만 한정하여 해석하는 경향이 있다. 그러나 많은 경우에 사람들은 김수영이 성과 관련된 인식에 있어서도 당시로서는 파격일 정도로 개방적인 태도를 보였다는 점에 대해서는 둔감하다. 다시 말해서, 성 문제에 있어서도 김수영은 극히 불온했던 셈이다. 이런 점에 비추어본다면 성에 대한 담론들이 거리낌 없이 자유롭게 사람들 사이에서 회자된다는 것은 그 자체가 그 시대와 사회의 문화 예술이 건강하게 살아 숨쉬고 있다는 반증이 될 수도 있다.

7

요컨대 성을 매개로 한 불온한 위반의 상상력으로 우리 사회의 제도화된 금기의 벽을 허물어온 마광수의 작업은 그 시도만으로도 일정 부분 의의를 인정받을 수 있을 것이다. 그 이전까지 작가나 예술가들이 이런 식의 정공법을 택했던 적이 별로 없었기 때문이다. 그의 문학적 여정을 한 마디로 요약한다면 제도화된 사회적, 윤리적 금기에 대한 정면 도전이라고 할 수 있다. 우리 사회의 금기 가운데 가장 강력한 금기라고 할 수 있는 성 도덕과 성 윤리의 문제를 공개 석상에서 가장 적극적으로, 동시에 노골적으로 훼손하고 위반한 것이 그의 문학이다. 소위 위반의 상상력은 그의 문학과 예술 활동을 규정하는 핵심적인 코드인 셈이다.

그러나 이때의 위반이란, 마광수의 입장에서 본다면 완고한 보수주의 지식인과 문인들이 그에게 덮어씌운 가당치도 않은 누명에 불과하다고 할 수 있다. 적어도 그는 자신의 문학적 상상력이 위반이라고 생각하지 않는 까닭이다.

정비석의 소설 『자유부인』의 여주인공
바람피운 끝에 '반성'

김동인의 소설 『감자』의 여주인공
바람피운 끝에 '칼 맞아 죽음'

최인호의 소설 『별들의 고향』의 여주인공
이 남자 저 남자 품 전전하다가 '자살'

마광수의 소설 『즐거운 사라』의 여주인공
신나게 프리섹스한 끝에 "아, 즐거워, 룰루랄라"

──「여자만 왜?」 부분

그를 구속으로 몰고 갔던 소설 『즐거운 사라』는 아직까지 한국에서는 출판이 금지된 채로 남아 있다. 그러나 일본 문단의 경우만 하더라도, 이 소설을 성장기 여성의 이상 성 심리를 차별화된 독특한 시각으로 그린 심리주의 성장 소설의 일종으로 이해하며 호의적인 평가를 내린 바 있다. 그 결과 이 소설의 일어 번역본은 한때 일본 서점가에서 베스트셀러의 반열에 오르기도 했다. 이처럼 인간이 스스로의 본원적인 욕망을 당당하게 공개된 장소에서 드러낼 수 있을 때, 비로소 우리 문화 예술계도 리얼한 에로티즘의 정수에 도달할 수 있으리라는 것이 그의 주장이다.

언제가 될는지 미리 점칠 수는 없겠지만, 어쩌면 별로 멀지 않은 시기에 마광수와 그가 남긴 불온한 유산들은 시대

를 앞질러간 혁명적인 사건으로 우리의 문화 예술사에 등재
될 날이 올지도 모를 일이다. 다만 그런 날이 오기 전까지
그에게 주문하고 싶은 것이 있다면, 그가 하루빨리 지난날
의 정신적 충격에서 벗어나 이제까지의 작업들에서 이루어
놓은 성과들을 더욱더 정련하고 가치화하는 작업에 몰두해
주길 바란다는 점이다. 그것이 바로 오늘날 우리의 문화 예
술계가 시대의 이단아 마광수를 위해 남겨놓은 마지막 과제
라고 해도 좋을 것이다.

馬光洙 약력

1951년   3월 10일(음력), 가족이 1·4 후퇴시 잠시 머문 경기
도 수원에서 출생.

1963년   서울 청계초등학교 졸업. 대광중학교 입학.

1969년   대광고등학교 졸업. 연세대학교 국문학과 입학.

1973년   연세대학교 졸업. 동 대학원 국문학과 입학.

1975년   연세대학교 대학원 국문학과 졸업(문학석사).
방위병 군복무.

1976년   연세대학교 대학원 국문학과 박사과정 입학.
1978년까지 연세대, 강원대, 한양대 등 시간강사.

1977년   《현대문학》에「배꼽에」「망나니의 노래」「고구려」
「당세풍의 결혼」「겁怯」「장자사莊子死」 등 6편의 시
가 박두진 시인에 의해 추천되어 등단.

1979년   홍익대학교 국어교육과 전임강사로 취임. 1982년 조
교수로 승진.

1980년   처녀시집『광마집狂馬集』을 심상사에서 출간.

1983년   연세대학교 대학원에서「윤동주 연구」로 문학박사
학위를 받음. 학위논문을 정음사(2005년 개정판부터
철학과현실사)에서 단행본으로 출간.

1984년   연세대학교 국문과 조교수로 취임. 1988년 부교수로
승진.
시선집『귀골貴骨』을 평민사에서 출간.

1985년   문학이론서『상징시학』을 청하출판사(2007년 개정판
부터 철학과현실사)에서 출간.

1986년   문학이론서『심리주의 비평의 이해』를 편저하여 청

하출판사에서 출간.

1987년　평론집『마광수 문학론집』을 청하출판사에서 출간.
　　　　문학이론서『시창작론』을 오세영 교수와 공저로 방
　　　　송통신대학 출판부에서 출간.

1989년　에세이집『나는 야한 여자가 좋다』를 자유문학사
　　　　(2010년 개정판부터 북리뷰)에서 출간.
　　　　시선집『가자, 장미여관으로』를 자유문학사에서 출간.
　　　　5월부터《문학사상》에 장편소설『권태』를 연재하여
　　　　소설가로서 활동을 시작함.

1990년　장편소설『권태』를 문학사상사(2005년 개정판부터 해
　　　　냄)에서 출간.
　　　　에세이집『사랑받지 못하여』를 행림출판사에서 출간.
　　　　장편소설『광마일기狂馬日記』를 행림출판사(2009년 개
　　　　정판부터 북리뷰)에서 출간.

1991년　1월에 이목일, 이외수, 이두식 씨와 더불어 서울 동숭
　　　　동 나우 갤러리에서〈4인의 에로틱 아트전〉을 가짐.
　　　　문화비평집『왜 나는 순수한 민주주의에 몰두하지
　　　　못할까』를 민족과문학사(재판부터는 사회평론사)에서
　　　　출간.
　　　　장편소설『즐거운 사라』를 서울문화사에서 출간.
　　　　간행물윤리위원회의 제재로 출판사측에서 자진 수
　　　　거·절판함.

1992년　에세이집『열려라 참깨』를 행림출판사에서 출간.
　　　　장편소설『즐거운 사라』개정판을 청하출판사에서
　　　　출간.
　　　　10월 29일『즐거운 사라』가 외설스럽다는 이유로 검
　　　　찰에 의해 전격 구속되어 서울구치소에 수감됨.
　　　　12월 28일『즐거운 사라』사건 1심에서 징역 8월에

집행유예 2년 판결을 받음.

1993년 2월 28일, 연세대학교에서 직위해제됨.

1994년 1월에 서울 압구정동 다도 화랑에서 첫 번째 개인전을 가짐. 유화, 아크릴화, 수묵화 등 70여 점 출품.

『즐거운 사라』일본어판이 아사히 TV 출판부에서 번역·출간됨.

문화비평집 『사라를 위한 변명』을 열음사에서 출간.

7월 13일 '즐거운 사라' 사건 2심에서 항소 기각 판결을 받음.

1995년 '즐거운 사라' 필화사건의 진상과 재판과정, 마광수의 문학세계 분석 등을 내용으로 연세대 국문과 학생회가 쓰고 엮은 『마광수는 옳다』가 사회평론사에서 출간됨.

6월 16일 '즐거운 사라' 사건 대법원 상고심에서 상고 기각 판결을 받음. 동시에 연세대학교에서 해직되고 시간강사가 됨.

장편에세이 『운명』을 사회평론사(2005년 개정판부터 『비켜라 운명아, 내가 간다!』로 제목을 바꿔 오늘의책)에서 출간.

1996년 장편소설 『불안』을 도서출판 리뷰앤리뷰에서 출간.

1997년 장편에세이 『성애론』을 해냄출판사에서 출간.

문학이론서 『시학』을 철학과현실사에서 출간.

문학이론서 『카타르시스란 무엇인가』를 철학과현실사에서 출간.

시집 『사랑의 슬픔』을 해냄출판사에서 출간.

1998년 장편소설 『자궁 속으로』를 사회평론사에서 출간.

3월 13일에 사면·복권되고 5월 1일에 연세대 교수로 복직됨.

에세이집『자유에의 용기』를 해냄출판사에서 출간.

1999년　장편에세이『인간』을 해냄출판사에서 출간.

2000년　장편소설『알라딘의 신기한 램프』를 해냄출판사에서 출간.

2001년　문학이론서『문학과 성』을 철학과현실사에서 출간.

2003년　강준만 외 5인이 쓴『마광수 살리기』가 중심출판사에서 출간.

2005년　에세이집『자유가 너희를 진리케 하리라』를 해냄출판사에서 출간.

　　　　장편소설『광마잡담狂馬雜談』을 해냄출판사에서 출간.

　　　　6월에 서울 인사 갤러리에서 〈마광수 미술전〉을 가짐.

　　　　장편소설『로라』를 해냄출판사에서 출간.

2006년　2월에 일산 롯데마트 갤러리에서 〈마광수·이목일전〉을 나옴.

　　　　시집『야하디 얄라숑』을 해냄출판사에서 출간.

　　　　문학론집『삐딱하게 보기』를 철학과현실사에서 출간.

　　　　산문집『마광쉬즘』을 인물과사상사에서 출간.

　　　　장편소설『유혹』을 해냄출판사에서 출간.

2007년　1월에 〈색色을 밝히다〉 전시회를 서울 인사동 북스 갤러리에서 가짐.

　　　　시집『빨가벗고 몸 하나로 뭉치자』를 시대의창에서 출간.

　　　　4월에 소설『즐거운 사라』를 인터넷 홈페이지에 올려 벌금 200만 원 형을 판결받음.

　　　　7월에 미국 뉴욕 Maxim 화랑에서 〈마광수 개인전〉을 가짐.

　　　　에세이집『나는 헤픈 여자가 좋다』를 철학과현실사에서 출간.

문화비평집 『이 시대는 개인주의자를 요구한다』를
새빛에듀넷에서 출간.
2008년	문화비평집 『모든 사랑에 불륜은 없다』를 에이원북
스에서 출간.
단편소설집 『발랄한 라라』를 평단문화사에서 출간.
중편소설 『귀족』을 중앙북스에서 출간.
2009년	연극이론서 『연극과 놀이정신』을 철학과현실사에서
출간.
소설집 『사랑의 학교』를 북리뷰에서 출간.
4월에 서울 청담동 갤러리아 순수에서 〈마광수 미술
전〉을 가짐.
2010년	시집 『일평생 연애주의』를 문학세계사에서 출간.

일평생 연애주의

마광수 시집

•

초판 1쇄 발행일 2010년 7월 19일

지은이 · 마광수
펴낸이 · 김종해
펴낸곳 · 문학세계사

주소 · 서울시 마포구 신수동 345-5(121-110)
대표전화 · 702-1800, 팩시밀리 · 702-0084
이메일 · mail@msp21.co.kr 홈페이지 · www.msp21.co.kr
www.seein.co.kr(계간 시인세계)
출판등록 · 제21-108호(1979.5.16)

값 10,000원

ISBN 978-89-7075-498-7   03810